용마름 2025
시동인 용마름 1호

.

.

.

용마름

최해철 정순영 정미란
이신남 노민병 강미정

도서출판 지식나무

정순영

이신남

노민병

강미정

김영희

경남 양산 출생
1998년 《국제신문》 논픽션 공모 우수상
2001년 《문학21》 신인상
《부산일보》 5기 독자위원
(사) 한국농어촌 여성문학회 회장 역임
(사)한국문인협회 양산지부장
수필집 『범든골에 피는 행복』

문학의 향기를 품은
용마름 선배 문인 여러분!

양산문인협회 **회장 김영희(현강)**

　양산문인협회의 소중한 뿌리이자 모태가 되어 주신 용마름 동인 여러분께서, 각자의 삶 속에서도 문학의 끈을 놓지 않고 다시 모여 새로운 결실인 창간호를 발간하게 된 것을 진심으로 축하드립니다.

　긴 세월 동안 변함없이 이어온 문학에 대한 열정과 끈끈한 우정은 그 자체만으로도 저희에게 가슴 벅찬 감동을 줍니다. 오랜 시간 숙성된 깊은 사유의 언어들이 담긴 이번 동인지의 발간은, 양산 문학계에 신선한 활력을 불어넣는 계기가 될 것입니다.

　과거 양산 문학의 기틀을 다졌을 뿐만 아니라, 최근까지도 시화전 등을 통해 문학의 향기를 나누고 계신 용마름 동인들의 모습에서 문학적 깊이와 연륜을 느낍니다. 부디 이번 창간호가 독자들과 진솔하게 소통하고, 지치고 힘든 이들에게 위로와 희망을 전하는 따뜻한 '마음의 용마름'이 되기를 기원합니다.
　다시 한번 창간호 발간을 축하드리며, 동인 여러분의 건승과 왕성한 창작 활동을 응원하겠습니다.
　고맙습니다.

용마름을 엮으며

함께 했던 시간을 문장으로 엮었다.

소중하게 포장된 선물 상자를 풀어 보는 시간이리라

용마름의 본질을 생각하며 화두같이 던져진 삶의 연속에서 6인 6색 (강미정. 노민병. 이신남. 정미란. 정순영. 최해철)은 마음에 담은 40년 세월의 순간들을 펼쳐 동인지를 발간한다.

시는 언어적 표출이고 인생이며 삶의 한 꼬투리였기에 온 마음으로 함께 했던 우리의 시간들,

위로하고 이해하며 손 맞잡아 다듬어 채워나갔던 동인 6인 6색이 時에서 詩로 가는 여정을 각자가 가진 감성으로 새 장을 열었다.

두려움과 설렘이 교차하는 시점에 서 있는 우리는 글밭에서 詩의 샘을 길어올리는 영원한 두레박이다.

최해철

무등수박

둥근 푸르름 속 정열을 달군 목탁이다.
핏기 배인 황토를 온 몸으로 끌어안고
한낮의 폭염을 속살 짙게 갈무리하더니
톡
새까만 씨앗 하나 만들었다.

소

아버지 무덤에서
풀을 베어
소를 먹였다.

저녁에는 쇠고기 국밥을 먹고

아들아
내 죽으면
핏빛 황토 위
풀씨를 뿌리겠지

세계 지도

세계 지도를 보면 하늘색 바다 사이로
찌그러진 깡통마냥 육지가 늘려있다
그 속 손잡이처럼 잴쭘한 코리아를 잡고
화들짝 뒤집어 엎으면 매끄러운 세상이 될까?

너도나도 하늘같이 높으신 분들도
우당탕 엉덩방아를 찧고 말 거야
오대양 육대주가 일시에 하나가 되고
흑인도 백인도 와르르 콩 반죽이 되고 말 거야

새롭게 버무려진 세상을 메주덩이로 뭉쳐
햇볕 드는 우주 난간에 널어놓으면
뽀작뽀작 푸른곰팡이가 돋아날 거야
머지않아 새로운 인류가 출현할 거야

지도에는 표시도 없는 내 골방의 천장 위로

뾰족이 바늘귀를 내밀면
누군가 국경선을 헤아리다가 강줄기를 꿰어
갈라진 대륙을 기워주진 않을까

곰탕 한 그릇

빳빳한 사직서를
비수처럼 숨기고 온 저녁
끝도 없이 넓어만 가는
아내의 허리를 재어보다가
사는 것이 왜 이리 깊은 지
그 속에 나는 왜 그렇게 작은 지
뭐 하나 똑바로 하는 게 없다는
아내의 냉소가 방바닥을 굴러다닌다.

초겨울 비가
성에 낀 창에 타박거린다.

고속도로 위로 전조등을 켠 버스가 달려간다.
비켜 설 자리도 좇아갈 자신도 없는데
비닐하우스의 오이마냥 아이들은 불알을 키워
오고
비수가 젓가락이 된 아침
상 위에서 팔팔 끓는 곰탕 한 그릇

꼬치미

사는 모양이 양반집 청상과부 같다며
어머닌 연방 꼬치미 뽀얀 상복을 걷는다.
여린 가슴 달팽이처럼 감아 올려
합장한 듯 단아하여라.
심심산골 응달진 곳 저만치
솔잎 갈잎 부끄럽게 덮었다가
옹달샘 휘휘 도는 비단개구리 붉은 배에 놀라
뱅시레 돌아서서 웃고 있는 님을
내가 살짝 보쌈 해왔지

뒤 뜰 감잎이 까치 입만큼 나오면
가마골 늘밭떼기 올 꼬치미 나오고
엉개나무 속잎이 세 겹 반 벌어지면
삼밭골 가지랑편 늦 꼬치미 나온다네

어머님의 가슴은 언제나 푸른 산맥에 닿아 있고

세월을 문 이파리들이 나직이 귓밥을 물들이면
개울처럼 맑아야 한다.
꼬치미처럼 겸손해야 한다.
잔디뿌리 사이로 고개 숙인 할미꽃

솜사탕

솜사탕은 바람을 불어넣은 사탕이다
길죽한 막대기에 구름을 돌돌 말았다
허공을 한 입 뚝 베어 먹을 수 있는.
솜사탕은 파삭한 바람 향기가 난다.

좋은 날

그냥 앉아서 울어버렸으면 좋으련만
그러기엔 나이가 너무 무겁고
해 저문 골목길을 서성이며
주름진 눈가에 소금가루가 쌓입니다.

좋은 날이 있겠지요.
어찌 늘 슬프기만 하겠습니까!
꾹꾹 누른 슬픔이 자꾸만 비집고 올라오지만
좋은 날이 있겠지요. 좋은 날이 있겠지요.
좋은 날 너무너무 좋은 날
마음껏 울어버리고 다시 시작하고 싶습니다.

웅크려 생각해 보니
슬플 때 슬퍼하지 못한 죄
기쁠 때 기뻐하지 못한 죄가 있습니다.
기쁨을 감추고 슬픔을 감춘 채 살아온 세월이

대못처럼 박혀 있습니다.
박은 이유를 알기에
뽑아버리고 싶지만
출혈을 감당하기 어렵습니다.
굳어버린 목숨 다시 죽기 싫어서입니다.

차 꽃

그대로 두어도 꽃잎은 시들고
질긴 목숨 싹둑 잘라 그대의 텅 빈 화병에나 꽂
힐 것을
그대로 두어도 찻잎은 지고
파릇한 생명 올올이 뭉쳐 그대의 고적한 다관에
나 잠길 것을

그러한 잠시 화병의 꽃이 지는 사이
단절의 가지에서 뿌리가 내립니다
뜨거운 물 속에서 몸을 푸는 찻잎이
고향 산천의 엄마 나무를 생각합니다.

꽃 진 자리에 열매가 맺히고
우러나온 찻물이 타는 목숨을 적십니다
꽃이 지는 사이 찻잔을 내리는 사이
상처로 얼룩진 자리에 연초록 향기가 움트고
모진 목숨 하나 꽃이 되고 있습니다.

차 맛 어때

서산에 해가 걸리고
무지개 골짜기 헤집은 논밭을 내려와
집으로 돌아갑니다.
길바닥에 떨어진 쌀 한 톨
엄지 검지로 주워 두 손을 모읍니다.
그깟 쌀 한 톨 얼마나 한다고 생각하다 멈칫
어머니의 들판을 보았습니다.

차산 골짜기를 돌고 돌아온 저녁
길바닥에 떨어진 찻잎 하나에
저절로 허리가 숙여집니다.
지천명의 나이가 되어서야 비로소 숙여지는 허
리를
엄지 검지의 역할을 알아갑니다.

산비둘기는 둥지를 고치고

기러기는 하늘 멀리 날아갑니다.
길가의 다람쥐 한 마리가 나를 보고 있습니다.
엄지 검지로 집어 온 쌀 한 톨 찻잎 하나
차 맛 어때.

바다에 내리는 눈

눈이 보고 싶었습니다.
완행열차를 타고 강원도 골짜기로 눈 구경을 갔
습니다.
일기예보는 지나온 오늘처럼 늘 틀렸고
만수산 검은 구름에 아우라지 강 바람만 매웠습
니다.

동대구역에 내려서 귀로를 생각하는 잠시
목포행 완행열차가 들어오고 있었습니다.
어릴 적부터 눈을 좋아했습니다. 이 땅에
어쩌면 그렇게 순수한 것이 내리는지
남도를 가로지르는 차창 밖으로 눈발이 스칩니다.

역에서 가까운 숙소에 하룻밤을 묵고 유달산을
올랐습니다.
밤새 쌓인 눈이 발목을 덮고 장군은 갑옷을 적

시고 있었습니다.
　조준점을 가늠할 수 없는 화포 바다를 향해 있고,
돌에 새긴 노래 목포의 눈물을 보았습니다.

　내리지 않는 눈은 죽은 눈입니다.
나뭇가지를 부러뜨리는 눈
일상에 녹아나는 눈 짓밟힌 눈길을 걸으며
마당바위를 지나 일등바위로 향했습니다.

　주인 없는 유선각 너머 시하 바닷속으로 폭설이
내립니다.
　허공에 피어나는 꽃, 바다에 내리는 눈은 쌓이
지 않습니다.
　시공의 한 갈피 이슬처럼 머물다 영겁의 심해
속으로 잠입합니다.

　가슴속 꽉 찬 울음을 어찌할까요
눈보라 휘도는 정상에 발자국 하나
눈동자 하나 걸어 두고 하산합니다.
　털거덕, 내 영혼이 철로를 넘는 소리

털거덕, 이 세상 떠날 때 날숨을 내쉴까요
털거덕, 이 세상 돌아올 때 들숨을 마실까요

최해철

경남 양산 출생.
용마름 동인
〈오운산 석가명차〉 대표

정순영

영축산의 여름

입하

자장의 숨결인가
영축산 꿈을 꾸듯

낮에는 산새 소리
밤에는 별의 울림

초록이 추임새 넣는
푸른 향이 빛난다

망종

봄 한철 빠듯하게
허둥댄 시간 속을

하나씩 결실 맺어
채워지는 산자락은

신록의 만삭을 위해
계절품에 안긴다

하지

긴 봄을 담금질 한
푸르름 여문 산속

태양을 단 하루를
꼭짓점 밟고 올라

계절의 푸른 면류관
대관식을 올린다

소서

이맘때 영축산은
궂은 비 내리는 때

솔향기 가득하게
도량에 귀의하면

더위도 따라 들어와
엉거주춤 조아린다

나 또한 그러한데

벽오동 심을 뜻을
내 어찌 알랴마는

봉황을 기다리는
그 심정을 모르리오

나 또한
오지 않는 님
평생토록 그리는데

농사란

논 갈고 밭 갈아서
씨 뿌려 잘 키우고

가꾸어 거두는데
최선을 다하지만

수확이 많고 적음은
농부의 뜻 아니다

근본은 하늘이고
그 뜻은 땅에 있어

사람 짓는 자식 농사
올곧게 다듬어야

홋하는 마음을 갖고
건성으로 짓지마라

어머니

꽃 댕기 풀어놓고 쪽머리 말아 올려
애옥살이 한평생을 눈물로 지새우고
날마다 대심박이를 돋우시던 그 정성

잔주름 헤어가며 애면글면 살아서도
별빛을 쓸어안고 이슬로 기도하며
소박한 자식 바라기 애달픔만 한가득

그리움 잊지 못해 꿈길을 밟아가면
열려진 빈 가슴에 생채기 남아도는
오늘은 북두갈고리 품어 품어 울리라

나무야

봄부터 키운 몸집 여름에 숲이 벌고

가을의 풍성함을 겨울에 노래하니

나무야. 나무야 너는 이런 시절 좋으냐

풍경소1 (요양원의 소묘)

표정을 잃어버린
사람이 사는 이곳

차갑고 건조하게
감정은 메말랐고

정서와
자아 상실로
본능만이 걸린 곳

파도

이렇게 왔다 갈 걸 오기는 왜 왔던가
굽이쳐 일렁이는 파도는 깊고 넓어
마음속 검은 바다를 만들어낸 욕망들

날숨에 비워내도 들숨에 메워지는
팍팍한 인생살이 곡절의 눈물바다
윤슬로 가득 채워져 빛날 날이 있을까

허구의 심연 속에 자맥질한 내 삶이라
저렇게 갔다 올 걸 가기는 왜 갔는지
펼쳐 본 인생 수첩에 도돌이표 한가득

정순영

경남 양산 출생.

2024년 『문학 춘하추동』 시조 등단.

용마름 동인.

현재 양산 하북에서 〈지이푸드〉 운영, 대표

정미란

이음새

가을볕 따스함에
잎새는 세월 품고

떨어진 삶의 고리
오늘을 허락하네

들녘의
설익은 나락
베어질 날 언제쯤

텅 빈 가을

낙엽이 떨어지니 빈 가지에 매인 바람
사랑이 떠난 자리 채워진 그리움과
고독의 술잔을 들 듯 가을비를 부른다

추억을 목마 태워 하늘길 달려가도
그대의 빈 그림자 먹구름에 지워지고
이 밤을 부여잡고서 외로움을 꿰맨다

댓잎의 노래 2

다 깨문 열 손가락
안 아픈 곳 있겠냐만

내 살점 도려내어
키워 온 크기만큼

품 밖에
내려놓고는
일만 근심 더한다

봄날은 간다

칼끝이 춤을 추던
비워진 좌판 위에

서너 점 은비늘이
누워서 몸 말리다

가는 봄
바람에 날린
벚꽃잎을 안는다

삶의 여정

칠천 겁 인연으로 부부의 연을 맺어
가정의 울 안에서 자식들 생겨 나와
서로가 가족이 되는 하나로서 완전체

신접에 키운 꿈을 뺏어간 시집살이
석삼년 죽은 듯이 살라고 당부하신
친정집 부모님 말씀 곱씹으며 살았제

삼척의 모진 굴레 등짐 진 듯 살드만은
구곡담 넘고서도 의연함 그대로라
인상에 되비친 심상 꽃향기로 피누나

강산을 바꾼 세월 사계의 강을 넘고
손잡고 마주 보며 함께 한 긴 여정 속
돌아본 아픔보다도 아쉬움이 더 많은

맵디매운 시집살이 기약 없는 세월 속에
몸과 맘 속절없이 무너져 내리던 날
아득한 메아리 하나 울림으로 다가왔다

내 성격 모질어서 못되게 굴었구나
배움이 많았지만 깨달음 몰랐으니
이제야 하늘의 뜻을 조금 알 것 같구나

두 어깨 다독이며 품어준 정이 깊어
가슴을 파고드는 향기가 배어나니
쌓이고 쌓였던 체증 사라지듯 가뿐함

언제나 당당함은 세월에 짓눌린 듯
파르르 떨리는 손 애처롭게 다가와서
'우리 집 곳간 열쇠네' 쥐여주는 봉투 하나

아련한 무너짐을 내보인 당신의 삶
선홍빛 술잔 속에 눈물의 반지 테로
아프게 맺혀져버린 가슴속의 응어리

아버지

산에 가 땔감 베고 들에서 나물 뜯어
읍내 장 서는 날에 밤새워 다듬어서
어스름 새벽 별 보고 길을 찾아 나선다

고갯길 올라서며 받쳐 온 숨소리는
턱까지 차고 올라 고요를 깨트려도
간밤의 막내딸 모습 웃음으로 벙근다

온종일 고갯길에 눈 멈춘 기다림은
해질녘 잠투정에 칭얼댄 얼굴빛이
속으로 타들어가서 노을보다 더 붉다

꼬부랑 돌아오는 그림자 늘어진 길
가붓이 흔들리며 어둠에 묻혀 가는
아버지 지게 위에서 막내 꿈도 영근다

길고양이

햇살도 뜻이 없어
바람도 없는 골목

어둠을 채워가며
걸음도 흔들리는

경계의
눈빛을 안고
밤을 긁는 숨소리

이변

비 잦은 가뭄 들어
긴 봄에 봇물 타고

찔레 향 짙은 방천
금계국 피고 지니

뻐꾸기
우는 사연을
누구에게 들을까

엄마의 자리

기억이 머물렀던
자리에 피는 꽃은

언제나 기다리는
당신의 선한 모습

원추리
피고 지는 날
선연해진 내 마음

손톱을 다듬으며

손톱을 다듬다가
왠지 모를 슬픔 인다

엄마의 꽃물들인
손끝이 아른하다

진흙 색
빛바랜 듯이
갈퀴손에 그 손톱

정미란

경남 양산 출생.

2024년 『문학 춘하추동』 시조 등단.

용마름 동인.

현재 양산 덕계에서 〈이편한사우나〉 운영, 대표.

이신남

거울

푸른 이끼가 숨어 사는
돌과 돌 사이
하늘 담은 우물이 있다
벽이 없어 더 야무진 경계
내 심장을 품었던 시간이
웃음을 울고 울음을 참았던
윤기 없는 얼굴이다
깜빡이는 눈동자는
날이 저물도록
침묵을 읽고 또 읽고
창백한 달빛이
제 그림자를 띄울 때까지 말이 없다
침묵,
거울 뒤에서
가장 순수한 언어를 품은 말이다

내 고향 오일장 어물전에는

내 고향 오일장 어물전에는
살아서 아름다운 빛 아닌
엄마의 손길 따라 빛 발하는
은빛 고기떼가 춤추고 있다
갈치, 고등어, 조기, 명태
키 재기로 누워 있고
대합, 홍합, 조개, 새우
빛깔 곱게 앞줄에서 뽐내는데
얼굴빛을 다듬는 순서도 모르는
내 엄마 손길로 치장한 어물전.

산호초 하늘거리는
바다 밑이 깊다 해도
파장에 못다 판 생선 바라보며
한숨짓는 엄마의 마음보다 깊었을까
저녁 어스름에 가로등 불 밝히지 않아도

손등에 달라붙은 비늘 몇 개가
별 빛보다 말없이 글썽이다 떨어지는
내 눈물보다 더 반짝이고 있다.

멸치

갈고리처럼 오그라진 모습에
오장육부가 다 녹아 버린 듯
가슴을 열어보니
새까맣게 뭉쳐진 삶이 툭 불거진다.

은빛 살결 파닥이며
거친 파도를 희롱하고
맑은 눈 깜빡이며
아가미로 보낸 세월이 있었다
달구어진 양은 냄비 속
갈수기로 펼쳐진 바다
한 생애가 통째로 끓고 있다
살아서 망망대해를 휘젓고
박제된 채 한세상 비린 삶을 우려내나니
뼈는 뼈대로 살은 살대로

연서(戀書)

바람의 숨결 따라 밀물이 되고
썰물이 된 순간들로
갯벌과 갯벌 사이
노을이 만든 붉은 이랑 끝에서
소실점으로 사라지는 그림자 하나
바다가 쓴 엽서 한 장이
수신자도 없이 도착했다
칠흑 같은 밤
어선 몇 척이 밤새 뒤척이다
새벽에야 잠이 들었다는데
그 사람 많이 보고 싶었는지
그리움은 이미 만조가 되었다고 썼다

망각의 나이

익숙해져 버린 행동이 많다
먹다 남은 된장국을 데워놓고
현관을 나갔다가 다시 들어오고
베란다 물 흐르는 소리에
수도꼭지를 확인하고
자동차 키를 가방에 넣어두고
탁자 위를 뒤적이고
우산을 차에 두고
우산꽂이를 뒤적이고
책을 읽다가
읽은 페이지를 뒤적이고
잃어버렸다고 생각했던 물건을
뒤적이다 찾았던 기쁨처럼
뒤적뒤적 뒤적이다
그렇게
어느 순간 당신도 나타날 것 같은

화장火葬

분쇄기 돌아가는 소리가 요란하다
고르게 아주 고르고 부드럽게
구름 한 뭉치 만들 듯 그렇게
입김 한 번으로 훨훨 날아갈 수 있을 만큼
푸른 하늘에서 햇살과 함께
소리 소문 없이 춤추듯 날아갈 수 있을 만큼
한 방울의 물기도 닿으면 안 되기에
산달, 자궁 속 양수보다 많이 쏟을 것 같은
눈물을 거두기 위해
슬픔의 구간은 잠시 접어두기로 했다.

교감

가슴과 가슴이
볼과 볼이
서로 부비고 있을 때
손등의 핏줄은
손가락 마디마디를 흘러내린다
폈다 오므렸다를 몇 번이고 반복하는 순간
혈관 깊숙이
모세혈관까지 타고 내리며
만들어 내는 문장
아!
사랑은 단모음이다.

대구, 막창집에서

구질구질 장마가 계속되고
일상이 막다른 골목 끝 같단 생각으로
막창집 불판가로 둘러앉아
눈물 같은 소주잔을 채우고
서로의 눈높이로 술잔을 부딪친다

한때 온갖 욕정을 순대 속같이 채웠을
막창을 토막토막 잘라낸
뒤틀린 장기의 일부가
노릇노릇 익어갈 동안 우리는
하나둘씩 제 창자들을 꺼내 놓았다.

누군가는 맞장구를 쳤고
또 누군가는
집게로 이리저리 속을 뒤집으며
초를 치거나 끈질기게 토를 달았다

양의 창자처럼 혀가 `꼬부라진 채
설전이 이어질 동안

나는 비어 있는 창자를 채우려고
적당히 익은 하나를 집어넣고
자꾸만 되새김질 하고 있었다

그리움도 이제는

글자를 배우기 시작했단다
하얀 종이 위에
까만 점 하나 찍을 줄 모르던 그녀가
눈만 뜨면 자음과 모음을 서툴게 끼워 맞추더니
노을이 햇살보다 아름다웠던
어느 날
사과 꽃이 예쁜 작은 마을에
'까끌래, 뽀끌래'란 미용실 간판을
배꼽을 잡고 웃으며 술술 읽어 내려갔다
순수한 입김을 묻힌
연필 한 자루가 탄력을 받았나 보다
원고지를 펼쳐놓고 또박또박
눌러 쓴

그. 리. 움.

독백

‘파도가 바다의 꽃이면 좋겠다
뿌리가 없어도 시들지 않고
바람이 전하는 주소 따라 날마다 피어나고’
언젠가 멀리 수평선을 바라보며
두 손 꼭 잡고 살포시 건넨 당신의 말
시침과 분침이 끊임없이 회전할 때마다
때로는 매끄럽게 때로는 까칠하게
바람이 시키는 대로 온 마음 토하는 몸짓언어
속엣말과 농담 사이를 오고 가다가
파도가 밀쳐놓고 가는 문장들을 읽는다
사르르 밀어로 오고 가는 서정에서
철썩 따갑게 뱉어내는 한숨

조금씩 당신의 소리가 사라지고 있다.
서먹한 눈망울로
회신 없는 편지를 몇 번이나 써 놓고
순간 당신의 주소는 어디인지
바람에게 묻는 내 호흡이 가파르다

石心 이신남

2004년 《문학세계》 등단
한국문인협회, 경남문인협회, 경남시인협회,
대한문학작가회, 용마름 회원
시집 『바다 네가 그리우면』, 『가슴에 달 하나는 품고
살아야지』, 『울지마라 잘 살았다』 출간
그 外 공저 다수
연암문학상, 전국문학인 꽃축제 우수상,
예술인 공로상 등 수상
현재 도서관 근무

노민병

삭정이

옹두리 곁눈질해
키워 온 자식인가

늦깎이 세월이라
관심 밖 애물 같아

차라리 버려졌으면
흔적조차 없든지

칠십 고개

파도를 몰고 왔던
바람이 길을 잃고

밤새워 헤매 돌다
지친 듯 잠이 들면

갯벌 안
밤의 윤슬은
달빛 속에 잠긴다

일용직-국수 먹는 날

조 조장 외동딸이 꽃가마 타는 날에
일용직 일곱 조원 모두가 한자리에
때 빼고 광을 내고서 야단법석 떨었다

하객을 맞이하는 혼주의 표정에는
기쁨과 슬픔 속에 쌍곡선 그려지고
분까지 칠한 얼굴에 긴장감을 돋운다

엄마의 단어보다 할미 뜻 먼저 알아
딸바보 되어있는 아버지 정에 자란
오늘에 이르러서야 속울음을 토하는

낭랑한 목소리가 자꾸만 떨려오니
식장 안 곳곳에서 훔치는 눈물 소리
조원의 주책바가지 늙은 막내 곡소리

연모

꽃이란 이름으로
연한 살 틔워내니

바람의 헤살인 듯
십일 홍 짧은 기상

어느새 기약도 못 한
일년살이 다 한 너

여정

가을비 내리는 날 거리엔 시린 바람
낙엽이 속삭이는 황혼길 돌아가면
주름진 깊은 골짜기 꽃 하나가 피었네

찬 서리 흐느낌에 야윈 몸 일으키며
머나먼 뒤안길로 내 심장 묻혔을까
또다시 돌아오리라 빈말 같아 서럽다

삶 속에 희노애락 조용히 다독이며
함박눈 사박사박 꽃눈에 쌓여갈 때
손 걸어 맹세한 약속 동백 붉게 물드네

어머니

호롱불 밝혀가며 흙먼지 삭힌 바람
하얗게 흩날리던 꽃향기 옭아매고
거칠은 한숨 소리로 세월의 꽃 안으시던

침묵의 손짓으로 햇무리 다듬듯이
엉클어진 실타래를 한 올 한 올 풀어내고
가슴에 선한 생채기 꽃물 들어 아리신 듯

그리움 자락 끝에 익었던 기억 새겨
가슴풀어 헤치고서 잎새에 입 맞추고
긴 밤을 나누는 얘기 그칠 줄을 모르시던

연리지

햇살을 등에 업고
무지개 내리던 날

빛 타래 한 올 풀어
뿌리에 묶은 사랑

죽어도
보내질 못해
여윈 얼굴 아리다

포장마차

돌고래 간판 달고
술고래 모집한다

퇴근길 왁자지껄
여기는 포장마차

딱딱한 나무 의자엔
굳은살이 버티고

소맥에 폭탄주에
일용직 땀 냄새에

세상사 모든 일들
원탁의 안주 되고

짠 내음 바닷바람에
오늘 하루 날린다

사막

가슴 뛰는 날엔
서슴없이 사랑하라

생명을 거부하는
모래의 살결

사막이 품은 바다는
호명할 수 없는 이름으로

깊이깊이 숨어들어
뉘의 넋을 부르는지

어제도
그제도
오늘도
이별하며 죽어가는 것

사막이다

몽돌

영겁의 세월 속에
비워낸 몸과 마음

파도가 손 내밀어
아픔을 지워주어

가슴에
이름표 하나
떳떳하게 달았다

노민병

부산 출생.

2024년 『문학 춘하추동』 시조 등단.

용마름 동인.

현재 양산 덕계에서 〈이편한사우나〉 운영, 대표.

강미정

플라워티타임

꽃차는 뜨거울 때 먹어야 달아요,
다기 속에서 꽃이 핀다
적막하여 좋았습니다 내 손을 놓았던 그 순간은
새털처럼 가벼워졌습니다
당신 손을 놓았던 그 시절은
이미 다른 시간으로 날아간 폭우와 뇌성입니다
내 손을 잡았던 당신의 이야기는
한마디도 못 하고 목구멍에서만 만발하는 말

지나간 것에 마음 쓰지 마세요,
쓴맛이 도는 다기에 끓인 물 따라준다
다시는 돌아가지 못할 시간이
다시 오지 않을 시간이 서로 마주 앉아
꽃밭을 쓸고 가는 보이지 않는 바람처럼
끓는 물 속에서 다시 화르르 피는 꽃처럼
말없이 자꾸 끓인 물 따라준다

어떤 적막은 핑그르르 아리고
어떤 슬픔은 떠난 후에 알게 된다
말없이 끓고 말없이 기다리고 말없이
흔들리는 꽃차의 시간
꽃차는 뜨거울 때 먹어야 달아요,

절 올린다

그곳에서 절실하게 기도를 하면
반드시 이루어진다고 하더군요,
그 말 따라 아픈 몸 이끌고 풀럭풀럭
햇살 널뛰는 잎 큰 나무 그늘 딛고 돌계단 딛고
굽은 길 후들후들 올라갔더니
두 손 모으고 두 무릎 꿇고
머리를 땅에 대고 절하고 계신다 할머니 한 분,
두 눈 감고 독경을 외며 절실하게
기도를 올린다 따갑게 내리쬐는 볕인데
색이 다 빠져나간 낡은 무늬 옷인데
옷으로 가리지 못한 얼굴과 손발이 까맣다
희끗한 머리카락을 은비녀로 묶은 모습은
한 번도 자신을 위해
기도를 올려본 적이 없는 듯
뜨거운 볕 아래서 까맣게 눈부셨다
한 여름인데 털옷 팔소매가 삐져나와 있는

낡은 배낭을 가진 저 할머니가 올리는 기도는
자식들 잘 되게 해라고 절실하게 빌고 또 빌고
속만 다 파먹고 어미 내다버린 자식들
제발 잘 되게 해달라고 빌고 빌었을 것 같아
땀 젖은 자리 그늘도 까맣게 눈부셨다
그곳을 다녀 온 후로 아픈 몸은 사라지고
보이는 것들이 다 절실하여 절 올린다

고백

집을 나오는데 넝쿨장미가 손을 흔들었죠
잔잔한 바람 불어와 꽃잎 하르르 날렸죠
언제쯤 당신 마음속에 내가 살아갈까
좀 앞서 걸어가는 당신 뒤를 따라 걷다가
꽃잎 붉게 수놓은 길 차마 지나갈 수 없어 서
있었죠
저렇게 눈부시게 오는 것을 같이 보고 싶어서
단 몇 분이라도 같이 바라보고 싶은 것을 당신
만 모르고
저만치 먼저 가서 빨리 안 오고 뭐하냐고 손짓할
때
바람은 또 붉은 꽃잎을 당신과 나 사이로 보내
주었죠
언제쯤 당신 마음속에 내가 살게 될까
당신을 사랑하는 일조차 미안할 때가 있어서
꽃잎 붉게 수놓은 길에 서서 슬퍼할 때

당신의 침묵이 나를 일으켜 내 어깨에 손을 얹었
죠
사랑하는 일조차 미안하여 입술에 말을 얹지 못
할 때가 있다고
어깨에 얹힌 손이 떨며 힘을 줄 때
가만히 서 있는데도 내 마음이 당신 쪽으로 기울
어
바람을 붙잡고 온 꽃잎처럼 온 마음이 날려갔죠
쓸쓸도 모르고 날리는 꽃잎처럼
당신에게로 기운 마음이 온 마음으로 날려 갔죠

저무는 바다

해 진 바다는 파도소리를 수놓는다
얇은 실비 다녀가듯 싸그르르,
오므린 발끝으로 모이는 작은 어둠
바다를 보고 앉은 숨죽인 내 등에
슬며시 업히는 큰 어둠
해 진 바다에서
멀리 사는 아이 이름을 불러본다
낮은 소리로 불러본다
어둠 저 안에 무엇이 있어서
내 눈에 고여 넘칠듯하다가
이내 먹먹해지는지
무릎을 깍지 끼고 턱을 올리고
혼자서 맞이하는 어둠
보이지 않던 내 주위가 세밀해진다
파도소리 귀로만 본다

물 냄새

　물 냄새의 오후, 모로 누운 여자 아아아, 모음의
음절 흘러나온다 나뭇잎 그늘은 천천히 모음으로
젖는다 둥글게 몸을 말아 누운 여자 바닥을 적시며
물무늬진다 둥근 허리 아래로 썰물처럼 비가 온다
푸르게 짙어져 포개진 산 그림자를 지우고 둥근 빗
방울 무성해지는 물 냄새 팔 베고 누운 여자 몸을
뒤틀며 끈끈하게 흘러나왔던 그 처음 생명 하나 뜨
겁게 낳던 소리 아아아, 음절 속에 살고 있는 물살
부딪는 소리 둥글게 퍼져 나간다 아기를 낳을 때만
모음의 언어를 마음대로 사용했던 여자 흐르면서
천천히 천천히 수묵화처럼 오후의 잠 속으로 번져
간다 가슴 떨리던 푸른 날을 종일 빚어내고 빚어내
며 무성해지는 여자 옆구리를 타고 후덥지근한 바
람 지나간다 물 냄새 짙다

꽃눈 내리기 좋은 날

중환자실에 누운 당신이
꽃 피는 것 못 봐서 우짜노 한다
그 꽃 다 지뿌면 아까버서 우짜노 우짜노, 한다

봄 화단에 물을 주며 나는 기우뚱
우리는 조금씩 누군가에게 기우뚱한다
기운 마음 그대로를,
기운 사람에게 다 전할 수는 없다

아픈 허리를 밟아 주던 봄날의 마당에
분홍꽃잎 흘러내려
늑골이 감싸고 있던 당신의 울음소리를
만진 적이 있다

바람이 분다
오늘은 바람이 불어서 꽃눈 내리기 좋은 날,

오늘은 마음이 추워서 맨몸으로 꽃눈 맞기 좋은 날
내 늑골에서도 당신 울음 같은 소리가 난다

바람이 불면 저렇게 가고 말 걸
한 열흘 저렇게 왔다가 갈 걸 아깝다, 아깝다
유모차에 호미아기를 태우고 가던 할머니가
굽은 허리를 펴며 꽃눈을 보고 섰다

넉 달 넘게 화단에 물을 주며 나는 기우뚱
보름달은 네 번이나 꽃을 피웠다

가랑잎꼬마거미

울면서 뿔뿔 기어와
젖가슴을 조물락조물락 만지던 손이 있었다
가녀린 손목으로 뻗은 파란 핏줄은 이제 겨우
네 살,
작디작은 벼랑, 그 손을 잡고 밥을 떠먹이면
아파요, 아파요, 울다가도 밥을 받아먹었다
아파요, 아파요, 머리를 잡고 울었다
아파요, 아파요, 절벽인 내 젖가슴을 헤집었다
가파른 나의 벼랑에 매달려 숨을 할딱였다
눈을 맞추면 아파요, 울다가도 웃고
입을 맞추면 아파요, 울다가도 웃었다
아주 간혹, 젖가슴을 만지던 손을 가만히 놓고
작은 발로 통통통 발장난을 친 적도 있었지만
그 가녀린 발목이 디딘 세상은 너무 작아
뇌종양으로 가기엔 너무 작은 벼랑,
아파요, 아파요, 가파른 벼랑을 향해 뿔뿔 기어

서오고
　　아파요, 아파요 머리를 쥐고 폭 고부라졌다
　　쓰러져 누운 저 작은 벼랑은 이제 겨우 네 살,
　　가녀린 파란 핏줄 네 살배기 바다로는 배를 띄
울 수도 없는데
　　조물락조물락 벼랑에 집을 짓고 벼랑이 되었다
　　가랑잎꼬마거미,
　　앞이 안 보이는 길 뿔뿔 혼자서 기어갔다

나무의 발자국

한 발, 한 발,
나무에서 붉은 낙엽이 발을 뗄 때
내려가는 계단이 다 만들어지면 좋겠습니다
낙엽의 붉은 발이 바람의 건반을 짚으며
사뿐사뿐 계단을 내려가겠지요

바람을 얼마나 불어넣어야 낙엽은 노래할까요
어떤 건반을 짚어야 바람의 노래는 이어질까요

노래가 이어지는 그 건반 위에
걸음마를 다시 배우는 당신을 걷게 하고 싶습니다
한 발 한 발 짚어가는 당신 외로움엔
크기가 다른 깊은 곡절이 흘러나올지 모릅니다만,
때로 그 곡절에 내 눈 이내 흐려지겠습니다만,

가을이 오면 나무의 발자국은 저렇게나 붉고
나무의 발자국이 짚어가는 건반 소리는
저리 시려 이미 몇 겹의 고요가 쌓입니다

상사화

뿌리에 담고 있는 얘기를 문득 하고 싶은 인연
이 오기도 할 것이기에 굴곡 많은 마음을 적시려고
잎을 피우고 꽃을 피우는 게 아니겠는가 꽃이 필
때는 잎은 아직 돋지 않아 꽃과 잎이 서로 보지
못한다하여도 언젠가 제 심정을 꼭 한 번은 털어놓
고 싶지 않겠는가

여태껏 내가 가꾼 것이 당신이 와서 맡고 갔으
면 하고 바란 향기 한 올뿐이지만 꺾인 걸음이 얼
마나 많은 달빛을 걸어야 얼마나 많은 별빛을 가슴
에 묻어야 그리움이라 하겠는지 간절이라 하겠는
지 한 번도 만난 적 없는 우리가 형체도 모르는
그리움에 스미고 스며 설움을 걷고 걸어 내 안이
아프게 짓물러 있는데,

꽃으로 걸어 나간 내 길 위에 푸른 잎으로 걸어

나간 당신의 길을 떨리게 겹치며 없는 당신을 그리는 이런 겹침도 사랑이라 한다면, 모든 바람을 암벽으로 세우고 절벽을 걷는 이런 아슬한 걸음도 사랑이라 한다면 간절한 날을 새기려고 저 꽃이 피고 간절한 그리움을 잊지 않으려고 피멍 돋은 저 잎이 피는 것이라 한다면,

꽃으로 걸어가는 내 길이 잎으로 걸어 나간 당신 길 위에 잠시 어렵게 겹쳐진다면 그것은 사연 많은 바람이 잠시 다리에 힘을 빼고 온 힘으로 당신을 껴안는 것이 아니겠는가, 뜨거운 슬픔을 입고 서늘한 아픔을 입어도 한번은 겹쳐져 굽이치며 죽을 때까지 살아 흐르겠다는 것이 아니겠는가 아니겠는가,

한 번 만져 봐도 될까요?

임신한 여자가
한 손으로 불룩한 배를 안고 또 한 손으론 허리
를 받치고 지하철 객차에 올랐다
책을 보는 사람, 이어폰을 끼고 눈감은 사람, 핸
드폰 액정 화면을 응시하는 사람, 애인과 마주 보
며 이야기에 골똘한 사람,
속에서 자리를 양보한 내 자리로
뒤뚱뒤뚱 걸어와 앉는 여자의 배를 보며
마음속으로 배를 한 번 둥그렇게 쓰다듬어보고
싶다는 생각을 했다
한 번 만져 봐도 될까요? 첫 애를 가진 둥그런
내 배를 쓰다듬으며 눈물이 맺히던 아버지,
한 번 만져 봐도 될까요?
비좁은 사람들 틈에서 아버지 목소리가 임신한
여자 쪽으로 왔다
지하철 안은 갑자기 조용해져, 책이 사라지고,

이어폰이 사라지고, 핸드폰 액정 화면이 사라지
고, 와글와글 입들이 사라지고,
　새까만 눈이 꼴깍 침을 삼키며 아버지의 목소리
에 꽂혔다
　한 번 만져 봐도 될까요? 임신한 여자 앞에서
　쭈글쭈글한 손을 내민 아버지의 참 애절한 눈빛
과
　놀란 눈으로 몸을 움츠린 임신한 여자의 난감한
눈빛
　이 영감탱이가 노망들었소? 아버지 손을 끌어당
기는 할머니
　참 미안혀요, 나가 젊었을 때 뱃속에 든 애를 놓
쳤는디, 애 밴 사람만 보면 이러요,
　내 배에 남아 있던 떨리던 손바닥 무늬가 가슴
으로 올라와 눈 흐리다
　오래도록 내 눈을 맞추며 웃던 아버지를 할머니
가 손잡고 간다

강미정

경남 김해 출생.
1994년 월간 『시문학』 등단.
시집 『타오르는 생』, 『물 속 마을』, 『상처가 스민다는
것』, 『그 사이에 대해 생각할 때』,
『검은 잉크로 쓴 분홍』 출간.
산문집 『로맨스보다 예술』 공저 외
용마름 동인. 한국작가회.
현재 경주에서 읽고 쓰고 있음.

용마름 연혁

- 1987년 '용마름 문학회' 북부동 향촌에서 모임.
- 1989년 차밭골에서 제1회 시화전 개최.
- 1990년 12월 양산 (구) 터미널 2층 로사 레스토랑에서 제2회 시화전 및 시낭송회 개최.
- 1991년 '용마름 문학회' 주축으로 양산문학회 탄생.
- 1992년 양산문학회 『양산문학』 1집 발간.
- 1993년 양산문학회 『양산문학』 2집 발간.
- 1993년 한국문인협회 공식 인준, 한국문인협회 양산지부 창립.
- 1994년 한국문인협회 양산지부 『양산문학』 창간호 발간. (6인 6색 참여)
- 한 달에 한 번 정기문학 모임으로 합평회를 가짐.
- 2022년, 2023년 '용마름 6인 6색' 시화전 개최.
- 2025년 첫 동인지 발행.

* 현재 용마름 동인 6인 6색(시, 시조, 수필)은 전
국 각 문예지를 통해 문학 활동.

* '용마름'은 양산시에 본부를 두고 문학작품을 통
해 독자들과 상생할 수 있는 방안을 모색하고 정서
함양에 도움이 되고자 첫 동인지 『용마름』 발행.

용마름

초판 발행 2025년 12월 25일

지은이　최해철 정순영 정미란 이신남 노민병 강미정

펴낸이　김복환

펴낸곳　도서출판 지식나무

등록번호 제301-2014-078호

주소 서울시 중구 수표로12길 24

전화 02-2264-2305(010-6732-6006)

팩스 02-2267-2833

이메일 booksesang@hanmail.net

ISBN 979-11-24166-05-5(03810)

값 12,000원